JN062418

歌集

あなた誰

間千都子（あいだちづこ）

春吉書房

歌集　あなた誰＊目次

春は同じか

うららかに甲羅干しする亀一家千年前と春は同じか

私の眼よろこぶ梅二分咲きし朝けの庭に降り立つ

おわる子育て終わる介護の仕舞い方新たな生と死のあるところ

自転車に子を乗せ坂を全速で登る母親かつての私

現実はどこにでもあるドラマにて登場人物それなりの顔

思い出し笑いをすれば可笑しかり一人の部屋で声を洩らして

ただ一輪ひらく四温の雨の朝桜一樹の眠りの深し

総入れ歯飲み込むように装着し母は普段の顔に戻れり

息子から子がうまれたと知らせ受く桜の開花そろそろの頃

昼電車

手押し車押してゆっくり母がゆくリハビリ病棟春昼廊下を

揺るるまま吊皮ならぶ昼電車このままどこかへ行くのもいいな

ハイヒールのかかとに注意公園のソメイヨシノの病気の因に

扉のあかず帰りかければ店員の走りでてきて此は引き戸とぞ

忘れ得ぬ後悔なれど折々に思い出しては背筋を伸ばす

その時が来てはパネルが役立たぬ天神交差点「海抜一メートル」

知らぬふり決め込むうちに雑草に繁茂せよとの指令出たらし

勢いの良きも悪しきも春雨にぬれてうごうご玉葱そだつ

柩には何を入れるか夫と吾の死は遠きものと思うゆえに言う

灯油屋さんの雪やこんこのメロディーが誰も買わぬと聞こえる四温

憂鬱の種

介護する友に頑張ろうと打つメール己の心も折れぬようにと

母の味ならいにきたる嫁さんとビーフコロッケころころにぎる

新緑の膨らみ続く山の木々母の退院憂鬱の種

妻や子にパパのいびきがうるさいと言われる男わが息子なり

若者に落ちましたよと言われたる手からこぼれし小さなハンコ

肥後トマト艶々赤き夏の味わが憂鬱も一緒にかじる

集まる視線

屋根よりも低くしだるる鯉のぼり通りすがりの個人情報

一年の老いを重ねて年一度カバンをさげてくる調律師

絶対と言い張る夫にガーベラの三本ばかり首をかしげて

「転ばん塾」「おたっしゃ塾」に「元気塾」入塾届け出す日来るらん

背伸びすることはできるが飛ぶなんてとんでもなくてラジオ体操

エレベーターに着信音の響きたる我のカバンに集まる視線

核シェルターの注文つづくと報じらるこの世若葉の初鰹食む

その声の沁みて切なし忘れえぬ忌野清志郎の君が代

今更ながら

扉のボタン押して乗降するきまり御殿場線に緊張をせり

駅からの道のわからぬ夢の中途方にくれるこの現実感

寂しさもほどほどとなる小家族こだま西瓜をスパッと割って

できることは何でもするとメール打つできないことはせぬとは打たず

しらすご飯に大葉をのせて若草の季節が夏へ夏へと移る

二つの物に挟まれいたるが「間（あいだ）」とは今更ながら広辞苑閉ず

なによりも大切なものは親孝行そういう顔で日々を過ごせり

九十歳（きゅうじゅう）を九十三歳（きゅうじゅうさん）とサバを読む母は若いといわれて照れる

米寿は金、卒寿は紫の綿帽子チャンチャンコの色を今日は知りたり

かぼす

炎帝はどんな奴かと顔をだす夏人参の緑の双葉

昼御飯食べたかと訊けばどうだったかしらと姑の順調な老い

塩かげん良き枝豆と冷奴ととのえ夫の帰る頃おい

笊一杯かぼす戴く夕暮れのまずはお湯割り芋焼酎に

まるでままごと遊びのようだ新しきセラミック包丁に小松菜切れば

熟考をせずに始める容易さに慣れて幾度転びしことか

そんな年になったかわれも夫と行くうちのお寺の御題目講

三人の看取りをせねばという気持ち思い出してはまた忘れ去る

歌十首一晩寝かす熱帯夜寝返りすれどすれど眠れず

もう一度確認するを自らの反省点となし大会終える

老人三昧

梨農園の女主人は誰にでもお久しぶりねと今日の立秋

ああ言えばこう言う母に抗わずいつかやがての我の晩年

間違い電話多くなる盂蘭盆会霊園行きバスの時間きかれる

仏膳に地酒ととのえ呑兵衛の高祖たちへと捧ぐ盂蘭盆

便利にて消えるボールペン愛用すいつかは消えてしまうとはいいね

未来へと出発します湯船には幼な三人ひしめきて乗る

老人の日、敬老の日、老人週間ありて九月は老人三昧

一玉のうどんを分ける昼食に吾八分目母二分がほど

紫になすびの色の艶めきてすばやく田楽味噌にからめる

息子らの読む日来るらん本棚の『老人の取扱説明書』

ご自由にお話し下さいクリニックの待合室にロボットの立つ

台風のいくつも過ぎて神無月折れて倒れて白花水木

突然に牧師が消えて駆け落ちの噂ひろがりそれも消えたり

鯛の目玉

飲みっぷり食べっぷりに言いっぷり九州女のツワモノどもは

たっぷりと脂をのせて冬の海泳ぎ来りて鰤の御造り

玄界灘の秋の記憶を残したる鯛の目玉をつるり飲み込む

あの人の名前出てこぬ友といて謎解くごときを問答をせり

温泉付き老人ホームの良きところ言えば警戒する老い母は

台風のちかづく朝の静けさにゆえなく我のわきたつようで

その人の良き所だけを見なければと言いたる人とご飯を食べる

急ぎ書くわが鉛筆の文字が似る亡父の筆跡おもう秋日

つゆと唄って

カラフルなろうそくを吹く誕生日ハッピバースデーつゆと唄って

商品を取り替えに行くデパートへ昨日よりましにお洒落ほどこし

できぬことはできぬと言い張りつづまりは老人だから好きにさせてよと

オクラ納豆山芋ぬめかぶ混ぜ合わせネバネバ分ける三人家族

負け過ぎもまた勝ち過ぎもつまらない秋の夜長のナイターを消す

指おりてゆく淋しさにこの秋のポトナム歌友たちの訃報は

吉報を伝えし息子がその胸に言い得ぬ何か残して帰る

だまれカーナビ

さわやかな青年の笑顔の写真付き牛蒡山芋道の駅に買う

角々に右折をせよと繰り返すまた繰り返すだまれカーナビ

若きらには笑顔と力老いたれば誰にも負けぬ根性が要る

ウオーキングマシーンに汗して聞くニュース老人徘徊行方不明者数多…

受話器から明るく聞こゆる友の声緩和病棟父上の話

誰でもが通る道との諦めを沈めて暮らす　ごはんが炊けたよ

ポン酢

ふとも死のよぎる時あり起きて来ぬ母と夫の朝湯長風呂

湯豆腐の絹ごしなれば根性も意志もくずれてポン酢に沈む

母を看るスケジュール調整する家族この日はダメと内輪の話

これ以上役を増やすなわたくしが自分で作ったお御籤に書く

日めくりの365枚繰り終えて多忙なれども良き年だった

いきもののごとくに昇る初日の出ひかり満ちみち年の明けたり

いつよりか美人薄命とは言わぬ母九十一歳初春の旦

ほのぼのと春

認知症を心配するのは先のことそこまで生きられるかどうかだ

つつましやかな友の言いたる屁の河童この人生訓に初笑いせり

良き歌に話のはずむポトナムの亥年新年会の華やぎ

腹筋の十回を今日は八回に甘やかすな六十五歳

果報者に与えられうる老衰死とはいえ果てなき時間が要るか

あれこれと騒がしくなる私の心ころころ転がる二月

幼子の若き親らをしっかりと育ててきたのだろうか私は

完璧を求めすぎるな幼子にポッカリうかぶ春の白雲

電話にも出ずメールにも返信のなき一人の連絡を待つ

空港の長き廊下を足早にゆけどもゆけども出口のみえぬ

三年の丹精込めし紅のトキワマンサクほのぼのと春

桜の下に

ランドセルをからうと言いし方言に違和感を抱き四十年を住む

背負うよりからうの方が軽そうなランドセルなり一年生に

満開の桜の下にランドセル背負いし四人のわが子顕ちくる

ご冥福お祈りしますと伝えたり長き介護の終りし友へ

桜坂のぼれば苦き思い出の風にふかれて渦にまかれる

春の陽に蕾ほどきてゆく桜今日より明日はもっと良き日で

頼りなかりし苗木の桜三十年経たる巨木が人を集わす

厄介なことの一つを聞きたれど時が解決するだろう多分

さよならと右へ左へ別れゆく家へ残しし親思いつつ

朝倉の三連水車の道の駅旬を筍ならぶ初夏

筍のほっこり炊けて良き味になりしを明日へ取り置きをする

兵隊ってなあに

戦争って兵隊ってなあにと七歳が戦後生まれの祖母われに聞く

パソコンの変換に令和の文字あらず御代みずみずしき若葉の五月

あらゆる可能性を視野に入れ例えば我の孤独死なども

つつがなく咲き切って桜葉桜のめぐりの緑にとける初夏

デイケアに行かぬと母が言いたれば登校拒否の子持ちたるごとし

スケジュールなき一日は老い母と茶飲み友達のように過ごせり

旅仲間

〈貴婦人の衣装貸します〉大笑いしながら入るわれら一団

女らの変身願望目覚めさせ昔乙女は貴婦人になる

渦潮の巻き始めたり夕暮れの赤き西海橋をみあげる

実直な万歩計は一万歩スマホの万歩計を見せ合い

旅仲間の逝きし一人偲ぶなり長崎「花月」七人の卓

故障中

受話器から息子吐血すと嫁の声深夜の救急病院からの

病院へ向かわんとするも錆びついた車庫のシャッター悲鳴をあげて

救急の入口探す病院に立ち入り禁止の立札多し

病室にあまたの管に繋がるる息子が手を振る帰る私に

見舞いには行かぬ夫が幾度も我にたずねる息子の病状

骨折をせし三男のツイッター兄弟そろって故障中とあり

明日の予定

台風の来るぞ来るぞと脅されて明日の予定は家居と決める

やはり夏はこうでなくっちゃクマゼミの轟音酷暑に壊れたエアコン

筑後川越えて浮羽のブドウ園今年も犬の二匹が迎える

味見にと袋を破る店主からシャインマスカット一粒もらう

余命もつ事務局長が楽しんで生きましょうというプロジェクト

母を亡き父の元へと届けたる夢を見たりぬ盂蘭盆初日

若い時の苦労は買ってでもしろ　若いとは幾つまでだろうか

あのがっちりとしている人が間（あいだ）さん遠くの会話にわれは気づかず

晩御飯四時就寝九時と言いたれば若き美容師ころころ笑う

念入りに準備をすればあれこれそれどうにも荷物の多くなるなあ

歯に衣をきせず物言うばばさまになりたしうんと長生きをして

柿の頃合い

柔らかめ固めと家族それぞれに好みのありて柿の頃合い

三十年はあっという間　君たちが生まれて育ってまた秋が来る

夏の日の記憶わすれて落葉す母は一木のように老いたり

おじいちゃんが自分に憑いている感じ　祖父に深く愛された息子は

柔らかく甘くて母のお気に入り西条柿右衛門を朝々に剝く

人生の最後が見えてきたようだと母の言いたり　新米を磨ぐ

無人精米機使用方法周知した夫が入れる百円玉三つ

母の身体を気遣いくれし承富医師亡くなりしこと後々に知る

寄り道

柿とっていいですか下校時の小学生の寄り道をして

柿の実にメジロのやって来る秋の天晴　ひとりの往生を聞く

日蓮上人七三八回忌御会式福引に「茅乃舎」の出汁袋当たる

わが憎むイタチの毛にて端正なブラシ売らるる化粧品売り場

役職を退く人が荷を下ろしその荷を我が家に運ぶ　重たし

来年度のスケジュール帳を持ち歩く遣手婆のようなおもむき

出る釘は打たれず時を置きたれば錆びて抜かれて打ち捨てられて

NHK連続ドラマに涙するほんの五分ほどの感動

一通の礼状書き終え荷がおりるこんなに長くかかってしまって

筑紫雑煮

霜月の筑前朝倉紅葉せりちょうど見頃ねと老い母の言う

『希望の糸』読み更けて今日の暮れてゆくこんな一日のあってもよいか

まだ散らぬ赤の極まる冬紅葉この世の風の心地よさげに

義母も母もちいさくなりて夕餉食む小ぶりの茶碗をもつ背まるめて

目つむればこのまま立って寝てしまう雑餉隈駅いまドアが開く

母を詠み夫を詠みて年を越すわが屈託の根元なれば

僭越ながら福岡牛まれの嫁さんに筑紫雑煮を教える師走

完璧をめざす我が家の節料理夫は改善点を指摘す

結納の席

欲を言えばきりのなけれどもう少し気楽な人生であったらなあ

人情の厚きばかりが情でなしわれの好みの薄情もよい

おしゃべりな人も混じりて検査室に患者七人腸管洗浄剤飲む

丸顔の好々爺がまず一番腸きれいになりて席立つ

人生を楽しみましょうと言われてもあれもこれもとさまざま抱う

新年を風邪で寝込める夫のため生姜葛湯をととのえる朝

老い母が私を頼りにせぬように杖を持たせてその手を引かず

梅三月桜は五月みちのくの話になごむ結納の席

百歳までも

百歳までも頑張りましょうと医師が言い頑張りますとは言わない母の

外出を控えてください爺婆は世界はパンデミックなのです

福岡のコロナ感染者数増える日々高齢三人家族の巣籠り

必要書類多くゆうちょ銀行団体口座開設手続煩瑣

ボランティアは大切ですと自らに言い聞かせるも無理してるなぁ

すぐ傍に死があり老いがある日々にコロナ感染恐怖の加わる

化学式はわからぬけれど次亜塩素酸ナトリウムでドアノブを拭く

家籠りしているうちにアジサイの緑の花房あまた付けたり

刻々と状況変わるコロナ禍に挨拶文の幾行変える

グリーンピース翡翠煮の要領電話にて教え下さる人としばらく

なかなかのマスク美人の都知事なりマスクは取らないほうがよろしい

きっと良き奥さんだろう手作りの野暮なマスクのこのおじさんの

江戸風鈴

人生のゴールテープの前にある認知症闘病老人性不機嫌症

この道はこんな景色でないはずと思えどこの道行く他はなし

胸内を明かしてはならぬ去る時はそう緑陰の風吹くように

どなたさまも離れてくださいい私の心の内は密で鬱です

忍耐と我慢の量はお互いが連れ合いよりも多しと思い

バッテリーの残量少なきペースメーカー最期の夏になるやも母は

新しい風鈴が欲しいという母に選びし金魚の江戸風鈴を

容赦なく雨に打たるる紫陽花の青が赤へと変わる困惑

店ごとにエコバッグ一つづつ使う魚屋肉屋八百屋和菓子屋

ゴミ出しを終えて見上げる望の月一人というはなんと清しき

長寿遺伝子

何回も聞かぬようにとコピー機の手順をメモに書き留めておく

長寿遺伝子持つと言われて老い母がやる気を見せる医師の前では

ならば我も長寿遺伝子持つらしい思わずふふふと笑みのこぼれる

いと長き黒髪一筋落ちていて我が家の夏の怪談話

蟬時雨降る盂蘭盆に住職の読経の声の高く響けり

大風に耐えし根性たたえたり筑紫富有柿ひいふうみいよ

敬老の日

誰からも敬われいる気配なし老い人三人の敬老の日

うるわしき心根の老いになるように『六十代の論語』購う

ユズリハ科ユズリハ属譲り葉の若葉めでたし古葉の朽ちて

飛び石を行って帰ってまた行って幼な子の背なを照らす夕焼け

親は子を絶対守るアマゾンに生息したる黄金のサルも

お祝いにスヌード送りしと子のメールお礼を言いて訊く其れって何

ハロウィンのかぼちゃに明かり灯る絵の添えられ秋のハガキ手に受く

カルダモングローブシナモンコリアンダークミンを入れて夫のカレーは

白木にて彫られし二体たおやかな美女とギョロ目の醜女の鬼子母神

いくつもの面

そちこちに顔（かんばせ）をむけ咲き継げる百合一本のいくつもの面（おも）

人間は歩けば長生きできるという医師が歩かぬ九十二歳に

白寿まで生きたる祖父はそれほどに歩かなかったねぇと母と言い合う

コロナ禍に結婚式があげられぬゆえに前撮りという方法で

嫁さんと末の息子が写りたる羽織袴に綿帽子姿

身は一つ

賀状のみ交わす友なり何年も会いたいねぇとまた書き添えて

絡みたる蔓をほどけば譲り葉の枝に残りし絞められし傷

あれこれとやらねばならぬが身は一つ冬の夕日があらもう沈む

最後まで読んでしまってはもったいない『百年法』を明日に残す

真夜中に起こしたというぬれぎぬを母に着せられ知らぬ存ぜぬ

水やればそくざに花茎の立ち上がる〈豚の饅頭〉素直で良き名

ガラス戸にぶつかりしばし横たわり目白がひょこひょこ帰る春の日

緊急事態発出中なれど食品売り場はどこも賑わう

笊蕎麦か天婦羅蕎麦かとろろ蕎麦か今日は蕎麦の日如月尽日

年月がもたらすものに相まみゆ白髪白髭かつてのジュリー

木の葉時雨

集合写真の内より三人旅立てり紅梅ひらく此岸の春は

静かなる木の葉時雨のひとときを我がものとせり一世短し

睡眠が私だけのものになるこころほくほく布団にくるまる

すみません生きてる事は辛すぎるなどと人には言えない台詞

どこからかまあだだよと声のする人生百年時代の現実（うつつ）

楽をする方を選べど結局は楽のできぬは合点承知

鍛錬の成果を聞きし朝々の鶯の消息数日聞かず

四方の山々

九十三歳母の肺炎克服を伝うれば遠きうからら喜ぶ

あかねさす照り降り雨の降り始めアクセル強く踏み込む朝は

包丁を手に持つ母へ何するのと訊けば真顔で腹切る仕草

なあんにも食べていないという母をもうおかしいと思わなくなる

良い顔をみせてついつい引き受けてそうしていつもわれは土壇場

逡巡は無用とおもう新緑の四方の山々ぐぐっと迫る

ポストまで千歩が程に歌ひとつひろえば背なに日差しのぬくし

とりあえず沈黙すべし新緑のメタセコイアは風に騒がし

十手先などと言わぬが二手ほどの先も読めぬが生きてはいける

あなた誰

あなた誰と言われ私娘です世話をするのは誰でもよくて

この母の姿がわれの未来かと青葉の道を細き手を引く

サバンナに豹と走りてライオンをしばしにらみつける白日夢

御馳走便カタログ一冊よみおえて選ばず充分われは満腹

あかときを母のトイレに付き添えば明けゆく空に初蟬の声

自らを馬鹿だねえと母は言いそうして諦めてゆく母と吾と

萩の枝が四方八方へ延びる夏わっさわっさと足踏み迫る

これの世の疲れこの世に置いてゆくごとく眠りつづける母の

恵まれた人生だったねとささやけばベッドの母が小さくうなづく

目覚めれば葬儀の朝の身の重さ葬儀場まで引きずってゆく

おいしいねぇ

おいしいねぇと亡母（はは）の声して初秋のひた屋福富葛の羊羹

つゆ草を引くのも惜しい青色の残しおくなり庭の草とり

人ひとり逝けば顕わになる事情この世の事はこの世限りで

母のお骨を抱き妹が帰りゆく空港搭乗口に見送る

朝の膳二つ並べて夫と食む二人の無口はコロナ前から

雨にぬれじっとりうつむく紅萩のけものめきたり台風が来る

姑の世話は嫁が看るものと夫の言葉黙して聞きぬ

この夕焼けに

骨壺に踵二つを底に置く作法知りたり母逝きてのち

おちこちに紅さざんかの咲き始めコートを羽織る寒さとなりぬ

青い鳥の正体明かしイソヒヨドリのさえずり聞かす〈ダーウィンが来た〉

休日の降り出しそうな空のした礼状三通ポストに落とす

山法師のカラカラ枯葉掃き寄せる　人欠ける晩秋淋し

何一つ残さぬが良し逝く人は　昼月浮かぶ高き秋天

母逝きて止まりしままの置時計この夕焼けに時間を合わす

相手にするな

結婚式の行列通れば拍手沸く天満宮詣の人の中から

掘り立ての人参サラダのシャキシャキ感意識せずとも黙食になる

生牡蠣が一番旨かったと地中海料理店を出でて夫は

その母を介護専門家に任せるが最良と兄妹の結論

お客様相談室長なめらかに施設の長所淡々と告ぐ

治療せず様子を見るを了承し姑の施設入居の決まる

お出かけにはＧＰＳを携えるお客様なり老人たちは

土曜日の昼の簡素なナポリタン緊張感のなきが何より

すべきこと順にすませば我がことが最後に残る歳晩の暮れ

南天の紅白の実のたわわなる枝を活けたり喪中の春に

母の写真じっと見おれば浮かび来る一つ言葉の相手にするな

笑いヨガ

ワイパーに風花ちらす昼日中解決方法まだ見えて来ず

コロナ感染広がりやまず姑の施設入居再々延期の二月

翻り風に紅葉の散りゆけり模範解答なきがこれの世

力あるもののまぶしさ初春のビルの谷間の旦の日の出は

こんなにも大きくなったと嫁さんが横向きに腹をみせる産み月

大勢で笑うだけらし笑いヨガなぜかこころを惹かれるわたし

姑が慣れてきたると施設から報告届く三寒四温

コロナ陽性患者三人施設にて療養中と報告書告ぐ

満開ですよ

紅梅が満開ですよコロナ禍に面会できぬ姑に伝えたし

算盤が三級なんて言わなくてよかった職場のパソコン開く

下見せし紳士服売り場へ夫と行く時間かけずに決める一枚

この町に桜前線近づきて厚きコートを脱ぐ春日和

言わずともいつかは分かるときが来るなんて言いつついつか忘れて

飲み込んで沈めてしまううっかりと人が零した内緒話を

見納めといいし人らが彼岸よりこの世の桜見に来るらんか

ミシン目に沿ってアイロンかけていく窓の外には花散らす雨

ロシア艦船津軽海峡を通過すとウクライナ侵攻最中のニュース

郵便が届いていないと聞く夕べ花びらのごと何処へゆきしか

姑の施設入居を伝うれば可哀想にと受話器の声の

飛行訓練

息子から生まれましたと来るメールああ晴れやかな今日花まつり

威勢よく泣いて見せるかみどりごのおとなしいねと言った後から

老後には施設で暮らすと夫が言いそれはいいねと返事をかえす

トルストイの短き童話読み返す『人はどれほどの土地がいるか』

幾度も飛行訓練してみせる米屋の軒に生まれし燕

博多通りもん

新幹線のぞみに座れば安らぎぬ四時間半が私の時間

富士山よと言い合う人もなき旅の良きかな車窓がすぐに流れて

東京人の好きな「博多通りもん」下げてお寺に挨拶に行く

母がこの世に在りしも夢であるような千手院の杜ただに鎮まる

良いところにいるのよと我の夢に来て明るく言えり逝きたる母の

息災をもう気に掛ける事もなし辞世の歌の沁みる水無月

思うツボ

照り映える青葉の茂り蟬声の朝より響く夏真っ盛り

突然のゲリラ豪雨に襲われて逃げても逃げても釈迦の手の平

鳴き終えて土へと還るクマゼミの夕陽に見せるあおむけの腹

死に時というはあるらしいい時に逝きしと母が褒められている

知らぬ間につけて歩きしイノコヅチ思うツボなり今日の私は

前頭葉の老化を防ぐ方法に嫌なことはするなと書かれし

スティンガー、ジャベリン、ヤルス、ハイマース今年覚えし兵器の名前

ラジオから「即席短歌」の作り方きけば「即席担架」の作り方

大会を仏滅ならば引き受ける宴会担当宴会部長は

間違えてライン送ればば返信にお久しぶりと晴れやかな文

コロナ罹患

幾度もここは何処かと聞く姑に義妹がだれか答えてと言う

食料を玄関に置き離れたりコロナ罹患の次男家族へ

墓掃除終わりましたと三男から写真の届く母の初盆

新旧のどちらに帰るか初盆の母に聞きたしあの世の作法

にわか雨降り出す午後の静かなり余計なことは言わぬオフィス

草の蔓で防犯カメラが見えません隣人に書くビジネス文書

こんなことが分からぬのかと思われそう　聞かねばこれの仕事終わらぬ

エコバッグに根深のネギを覗かせて昼の休みに市場を歩く

北方領土、竹島、横田めぐみさん　解決見えず秋の深まる

禅次丸、西条、太秋、次郎、富有太るを待てり朱の柿の実

テキスト通りに一番だしを漉したればなんとまあ品良きかきたま汁の

あとがき

第一歌集『結びなおして』より五年がたちました。

この期間は、晩年の母の介護から看取りまでの日々と重なります。デイサービスやショートステイを姥捨て山と思っていた母の介護は自宅でと覚悟は決めていましたが、結局一人ではかなわず、家族やお医者様、看護師さん、ヘルパーさんなど多くの方々に助けられました。

しかし、母の老いゆく姿に寄り添い、その死を見届けられたことは、何にも代えがたく有難いことでした。周りの方々への感謝とともに、深い愛情で私を見守ってくれた母へも感謝をしたいと思います。

またこの時期には、新しい命の誕生もあり、姑も施設入居を果し、面会では穏やかな笑顔を見せてくれます。

東京生まれの母が福岡の地で暮らし、今は私の心の内に住み始めました。「老い母」を詠んだ日々は過ぎ、また新しい季節が訪れます。

この五年間の作品の中から三百三十首を選び、第二歌集といたしました。

この歌集を編むにあたり、ポトナム選者の青木昭子先生には、ご多忙の中、細やかなご助言を賜りました。心より御礼を申し上げます。

最後になりましたが、ポトナムの仲間の方々、日ごろご厚誼を頂いております歌友の皆様に深く御礼申し上げます。

またこの度も第一歌集同様、長男が経営をしております春吉書房に委ねることができましたのは幸せなことでした。装幀を担当して下さいました佐伯正繁様ありがとうございました。

令和五年七月吉日

間　千都子

間　千都子（あいだ・ちづこ）
昭和28年生まれ。ポトナム同人。
現代歌人協会会員。
第一歌集『結びなおして』（春吉書房）。

ポトナム叢書第五三七篇

歌集　あなた誰

令和五年七月十二日　初版第一刷発行

著　者　間　千都子
〒八一六―〇八一四
福岡県春日市春日十一―六

発行者　間　一根

発行所　株式会社　春吉書房
〒八一〇―〇〇〇三
福岡市中央区春吉一―七―十一
スペースキューブビル六階
電話　〇九二―七一二―七七二九
Fax　〇九二―九八六―一八三八

ISBN978-4-908314-39-1 C0092
© Aida Chiduko 2023 Printed in japan